Ulrich Gilga

Im Keller des Ghouls

Ulrich Gilga

Im Keller des Ghouls

Isaac Kane Band Nr. 0

Cover: Midjourney, Ulrich Gilga

Lektorat: Andrea Hagemeier-Gilga | Isabelle Schuster

c/o autorenglück.de
Franz-Mehring-Str. 15
01237 Dresden
https://schreibwerkstatt-gilga.de/

ISBN 978-3-98966-001-4

Inhalt

Im Keller des Ghouls

Ein Hinweis, bevor du mit dem Lesen beginnst: Im Kapitel »Auf ein Wort« weise ich darauf hin, dass dieser Band eine weit zurückliegende Vorgeschichte zu Band 1 erzählt – ohne Spoiler! Wenn du trotzdem lieber nicht zu viel erfahren möchtest, solltest du vielleicht mit dem Lesen warten, bis du Band 1 beendet hast.

* * *

Mit zitternden, blutverkrusteten Fingern drückte Ian West die Wohnungstür ins Schloss. Geistesabwesend drehte er den Schlüssel zweimal um und ließ ihn entgegen seiner Gewohnheit im Schloss stecken. Achtlos ließ er seine Jacke auf den Teppich mit den verblassten Farben fallen und schlurfte mit schweren Beinen ins Wohnzimmer.

Zuerst musste er etwas trinken! West ging zu dem Sekretär in der Ecke des Raumes, in dem sich eine kleine Bar befand, und griff nach der Flasche mit den beiden Hunden auf dem Etikett. Das Glas klirrte, als er an die Flasche stieß, denn sein Körper hatte sich noch immer nicht beruhigt. Mühsam balancierte er die Öffnung über dem Glas und verschüttete doch mehr, als ihm lieb war. Mit einem Zug schickte er den Inhalt die Kehle hinunter und sofort breitete sich die wohlige Wärme in seinem Magen aus. Er schenkte sich erneut ein Glas ein, das er diesmal zur Hälfte verschüttete, und hoffte inständig, dass die goldene Flüssigkeit die Kälte in seinen Eingeweiden vertreiben und ihn die schrecklichen Ereignisse des Nachmittags vergessen lassen würde. Mit immer noch zitternden Händen, die er nicht unter Kontrolle zu haben schien, trank er erneut alles in einem Zug, ohne dem Whisky Gelegenheit zu geben, sein köstliches Aroma zu entfalten. Er stellte das Glas achtlos auf die Bar, ging ein paar Schritte, machte kehrt, schnappte sich die Flasche und schlurfte zu der Ecke mit dem Tischchen und dem Sessel. Seufzend ließ er sich in die Polster fallen.

Vier Stunden waren vergangen, seit er seinen besten Freund in der Leichenhalle der Polizei identifiziert hatte! Viel Zeit, um über das Geschehene nachzudenken. Und darüber, warum die Polizei so offensichtlich kein Interesse daran hatte, seinen Tod aufzuklären, sondern ihn als eine Art Unfall abtun wollte.

Warum wollten Sie unbedingt verhindern, dass er sah, was sich unter dem Leichentuch verbarg? Wären sie weniger ungeschickt vorgegangen, hätte er vielleicht ihrer Erklärung geglaubt, aber so war seine Neugier geweckt, und er hatte sich unbemerkt in die Leichenhalle zurückgeschlichen. Als er das Tuch wegzog, erwartete er Verletzungen, die von einem Unfall herrührten, war aber in keiner Weise vorbereitet auf das, was er vorfand. In die Brust seines toten Freundes war mit einem äußerst spitzen Gegenstand die Form eines Pentagramms geritzt worden, so dass sich die Haut bis auf das Muskelgewebe aufklappen ließ. Um das Pentagramm gruppierten sich unzählige kleine, kaum lesbare Zeichen. Auch ihnen war anzusehen, dass sie mit großer Kraft in den Körper geschnitten worden waren. Zu seinem Entsetzen stellte er fest, dass er die Zeichen kannte. Sie waren an die Wände des Zimmers geschmiert worden, in dem Nora ermordet worden war. Die beiden Taten an seinen Freunden hingen offenbar zusammen, aber die Polizei wollte ihn damit abspeisen, dass ›Jugendliche die Leiche geschändet hatten, nachdem der Mann bereits tot war‹! Für wie dumm hielten sie ihn eigentlich?

Allerdings konnte Ian der Polizei in einer Hinsicht keinen Vorwurf machen. Sie wussten nichts von dem Mord an Nora, weil der Tatort professionell gesäubert und die Tote beerdigt worden war, während er selbst mit dafür gesorgt hatte, dass das Kind in Sicherheit gebracht worden war.

West griff nach der Flasche und trank noch einen Schluck. Vor etwas mehr als zwei Wochen hatte er seinen Freund zum letzten Mal gesehen. Einen Tag nach ihrer Rückkehr aus Bristol hatte dieser ihn gebeten, abends zu ihm zu kommen, um ein paar Dinge zu besprechen. West, der noch immer den Geruch des Blutes von Noras Leiche in der Nase hatte, wollte um keinen Preis in die Wohnung zurückkehren, aber sein Freund drängte ihn dazu. Entgegen seiner Erwartung war das Schlafzimmer wieder hergerichtet worden. Die Wände waren frisch gestrichen und die mit Blut getränkten Dielen waren ersetzt worden!

West verstand nicht, was während seiner Abwesenheit geschehen war, bekam aber die Erklärung, dass ›Freunde‹ dies organisiert und durchgeführt hätten. Danach saßen die beiden Männer noch eine Weile zusammen, und sein Freund teilte ihm mit, dass er für eine Weile weggehen würde, um Noras Mörder zu finden. Natürlich hatte West ihm davon abgeraten, um sich nicht selbst in Gefahr zu bringen und die Sache der Polizei zu überlassen. Polizisten seien jedoch die Letzten, die helfen könnten. Mehr wollte sein Freund dazu nicht sagen.

Bevor sich die beiden Männer an diesem Abend trennten und Ian seinen Freund erst auf dem kalten Seziertisch in der Leichenhalle wiedersah, gab dieser ihm zwei Briefe. Der erste Brief enthielt Anweisungen für den Fall, dass ihm etwas zustoßen sollte.

Der zweite Brief war, wie sich sein Freund kryptisch ausdrückte, ebenfalls für den Fall bestimmt, dass ihm etwas zustoßen sollte, aber im Gegensatz zum ersten Brief sollte West dieses Dokument erst öffnen, wenn sein Inhalt etwas bewirkt hatte und ›die Zeit gekommen war‹. West verstand nicht, worauf sein Freund hinauswollte, aber er versprach, alles zu tun, was von ihm verlangt wurde. Sie tranken noch ein Glas zusammen, bevor Ian mit einem unguten Gefühl in seine Wohnung zurückkehrte.

West nahm noch einen Schluck aus der Flasche und stellte sie resigniert beiseite. Der Alkohol zeigte keine Wirkung. Einerseits bedauerte West das, andererseits hatte er sich vorgenommen, noch heute Abend den ersten der beiden Briefe zu lesen, die ihm sein Freund anvertraut hatte, und dafür brauchte er einen halbwegs klaren Kopf.

Ian stand auf, ging zur Bar und stellte die Flasche zurück. Gleich daneben stand der dunkle hölzerne Schrank, in dem West die beiden Briefe aufbewahrte. Er nahm die Umschläge und fuhr mit dem Daumen gedankenverloren über das Papier. Auf jedem Umschlag stand in der feinen Handschrift seines Freundes eine Nummer geschrieben, und Ian überkam eine Woge der Trauer. Er legte den Brief mit der Nummer zwei in den Schrank und ging zurück zum Sessel. Behutsam öffnete er den Umschlag, zog das eng beschriebene Blatt Papier heraus und begann zu lesen.

* * *

Es war sehr spät, als Ian West an diesem Abend zu Bett ging. Lange fand er keinen Schlaf. Unruhig wälzte er sich im Bett hin und her, ohne die geringste Aussicht, seine Gedanken und Gefühle in den Griff zu bekommen.

Hätte er den Inhalt des Briefes gelesen, bevor er in die grausamen Details der Ermordung seiner Freunde hineingezogen wurde, hätte er das Geschriebene zumindest als schlechten Scherz abgetan. Auf jeden Fall hätte er seinem Freund geraten, einen Arzt aufzusuchen. Aber er hatte ihre geschändeten Leichen gesehen, die von der Qual ihres Todes zeugten, das viele Blut und all die anderen unerklärlichen Zeichen, die nun zusammen mit dem Inhalt des Briefes irgendwie einen Sinn ergaben.

Im Brief war von Dämonen die Rede, die die Erde bevölkerten. Und von Menschen, die sich ihnen im Verborgenen entgegenstellten. Der Mann, den Ian West seit fast zehn Jahren zu kennen glaubte und der sein bester Freund war, schrieb in dem Brief, dass er einer dieser Menschen sei. Natürlich wusste West nicht alles über ihn, zum Beispiel was er beruflich machte. Sein Freund war immer viel auf Reisen gewesen und oft lange Zeit nicht nach Hause gekommen. Wenn er zurückkam, war er meistens sehr müde und erschöpft und erzählte von den Baustellen rund um London, auf denen er arbeitete, um sich und seine Frau zu ernähren.

Aber, wie er jetzt wusste, schien das meiste davon eine Lüge gewesen zu sein. Sein Freund schrieb, er sei seit einigen Jahren Dämonenjäger und gehöre einer sehr losen Gesellschaft von Männern in England an, die mit ihm gegen das kämpften, was er nur ›das Böse‹ nannte.

Natürlich hatte er Ian nie davon erzählt, vor allem, weil er ihn nicht in Gefahr bringen wollte, wie er schrieb, und weil er nicht wusste, ob West ihm überhaupt glauben würde.

Eine Seite des Briefes enthielt die Namen einiger Personen, die er informieren sollte, falls seinem Freund etwas zustoßen sollte. Der Umschlag enthielt auch Zeitungsartikel über sehr blutige Verbrechen, an die sich West teilweise erinnerte. Keines dieser Verbrechen war aufgeklärt worden, aber der Brief enthielt Daten oder Namen von ›Menschen‹, die dafür verantwortlich sein sollten. Dann beschrieb der Freund, wo Waffen versteckt waren, die West den anderen Kämpfern übergeben sollte. Immer wieder betonte er, West müsse sich alles einprägen und den Brief verbrennen. Es dürfe keine Aufzeichnungen geben, um niemanden in Gefahr zu bringen. Besonders wichtig war ihm, dass der Aufenthaltsort des Kindes unter allen Umständen geheim gehalten wurde, denn sonst schwebte es ebenfalls in Lebensgefahr!

Eine Seite des Dokuments war dem Mord an Nora gewidmet. Sein Freund beschrieb eindringlich, dass ein Dämon, den er seit einiger Zeit jagte, Nora an jenem Abend getötet und dann auf ihn gewartet habe. Es kam zu einem Kampf, von dem das schwarze Blut stammte, das West am Tatort gesehen hatte. Seinem Freund gelang es, den Dämon zu verletzen, aber der Dämon konnte fliehen. Falls das, was sein Freund geschrieben hatte, der Wahrheit entsprach, war die Kreatur zurückgekehrt und hatte es geschafft, den Freund zu töten. Zum Glück hatten sie das Kind noch rechtzeitig in Sicherheit bringen können!

* * *

Bei der Lektüre des Briefes fiel Ian West ein Fall besonders auf, der mit ›Der Birmingham Ghoul‹ überschrieben war und über den er, wie er sich jetzt erinnerte, unter einem anderen Titel schon mehrmals in der Zeitung gelesen hatte. Während sich die meisten Fälle auf London und Umgebung bezogen, schien es offenbar eine Kreatur zu geben, die in seiner unmittelbaren Umgebung ihr Unwesen trieb.

Wie die Zeitungen berichteten, war ein Unbekannter für das Verschwinden mehrerer Frauen verantwortlich. Was mit ihnen geschehen war, blieb ein Rätsel, das sein Freund offenbar gelöst hatte. Die Methode des Unbekannten schien darin zu bestehen, die Frauen zu entführen, sie nach einiger Zeit sterben zu lassen und dann ihre Leichen zu essen! Die detaillierte Beschreibung in dem Brief, warum der ›Ghoul‹, wie sein Freund ihn nannte, die Frauen noch einige Tage am Leben ließ, lag seiner Meinung nach daran, dass sich ihre Angst auf den Geschmack ihres Fleisches auswirkte. Ians Magen krampfte sich zusammen, eine Welle der Übelkeit überkam ihn, und er überflog die Zeilen, so schnell er konnte, um nur die nötigsten Informationen aufzunehmen.

In Ians Abscheu und Ekel mischte sich Wut. Wut auf sich selbst, weil er nichts bemerkt hatte, und Wut, weil niemand mit ihm darüber gesprochen hatte. Vielleicht wären seine Freunde noch am Leben, wenn sie ihn um Hilfe gebeten hätten. Sicher, er hatte keine Kampferfahrung, er war noch zu jung, als der Weltkrieg begann, aber er hätte alles getan, seinen Freunden beizustehen.

Nachdem West diesen Teil des Briefes mehrmals gelesen hatte, beschloss er, die Wünsche seines Freundes in einem Punkt zu ignorieren. Er MUSSTE diesen ›Ghoul‹ mit eigenen Augen sehen, um es zu glauben. Auch wenn er in seinem Innersten völlig davon überzeugt war, dass alles, was in dem Brief stand, der Wahrheit entsprach, blieben jedoch Zweifel. Und wenn die Gelegenheit sozusagen vor der Haustür lag, wollte West sie nutzen. In dem Brief fand er die Adresse, fast so, als würde ihn sein Freund aus dem Reich der Toten daran erinnern, was zu tun sei! Das Haus des vermeintlichen Geschäftsmannes lag etwas abgelegen in der Nähe eines Industriegebietes. Ob das gut oder schlecht war, konnte Ian zu diesem Zeitpunkt noch nicht sagen, aber zumindest würde der Ort nach Einbruch der Dunkelheit nicht völlig überlaufen sein. West wusste ungefähr, wo das war, und plante sein weiteres Vorgehen. Da er nicht vorhersagen konnte, was ihn erwartete, musste er für alle Eventualitäten vorsorgen.

Am nächsten Tag würde er mit seinem Motorrad zum Witton-Cemetery fahren, wo sich das Waffenversteck befand, von dem sein Freund berichtet hatte. Nach der Beschreibung sollte er zur Rückseite der am höchsten gelegenen Kapelle auf dem Friedhof gehen und von dort dem Nebenweg bis zu einem Grab am Ende folgen, auf dem eine Marienstatue stand. Das Grab, so schrieb sein Freund, sei seit 10 Jahren nicht mehr gepflegt worden, deshalb habe er auf der Rückseite der Statue eine zusätzliche Steinplatte in den Boden eingelassen, die zur Außenseite des Friedhofs zeigte. Unter der Steinplatte befänden sich in Wachstuch und Ölpapier eingewickelte Waffen, zur Tarnung stehe ein großer Kübel mit einem immergrünen Strauch auf dem Versteck.

Wenn er die Waffen am späten Nachmittag abholen würde, bliebe ihm noch genügend Zeit, um zum Haus des Geschäftsmannes zu fahren. Dort wollte er versuchen, in das Haus einzudringen und sich ein Bild davon zu machen, inwieweit das, was sein Freund geschrieben hatte, der Wahrheit entsprach. Auch hier kamen ihm Zweifel. Er war noch nie irgendwo eingebrochen und fürchtete, dass er sich dilettantisch anstellen könnte, aber dies würde er erst morgen herausfinden. Nach langem Grübeln und Abwägen aller Eventualitäten schlief er schließlich ein. Am Horizont zeigten sich da schon die ersten schwachen Sonnenstrahlen.

* * *

Obwohl er nur wenige Stunden geschlafen hatte, fühlte sich Ian West, als könne er Bäume ausreißen, als er einige Stunden später erwachte. Trotz der schrecklichen Erlebnisse der letzten Tage, des widerlichen Inhalts des Briefes und der unheimlichen Gestalten, die ihn in der letzten Nacht in seinen Träumen heimgesucht hatten, knurrte ihm der Magen. Also verließ er das Bett und bereitete sich in der Küche ein einfaches, aber reichhaltiges Frühstück zu. Auf Würstchen und Bohnen verzichtete er allerdings. Er wollte weder träge noch hörbar sein, wenn er sich auf unbekanntes Terrain begab. Da es Sonntag war, war der Straßenlärm erträglich, und Ian setzte sich ans offene Küchenfenster.

Ruhig und entspannt genoss er seinen Arabica-Kaffee, auch wenn die Gedanken in seinem Kopf ständig kreisten und alles, was er geplant hatte, noch einmal Revue passieren ließen. Er war einer der wenigen in seinem Freundeskreis, die das schwarze Getränk bevorzugten, noch dazu ohne Sahne und Zucker. Als er gerade einen weiteren Schluck nehmen wollte, hielt er inne. Wie sah ein Ghoul eigentlich aus? Vor dem Brief hatte er noch nie davon gehört, geschweige denn einen gesehen. Und wenn er aussah wie ein Mensch, woran sollte er erkennen, ob er einen Ghoul vor sich hatte oder einen harmlosen Vertreter der Gattung Homo sapiens? Er dachte über seine Büchersammlung nach, kam aber schnell zu dem Schluss, dass er keine Literatur dieser Art besaß. Also hieß es abwarten, und er wandte sich wieder der Planung zu und überlegte, wann er zum Friedhof fahren sollte.

Von seiner Wohnung aus brauchte er etwa eine halbe Stunde, und dann musste er noch Zeit einplanen, um das Grab zu finden und die Waffen zu holen. Außerdem wollte er anderen Friedhofsbesuchern aus dem Weg gehen. Sein nächstes Ziel war die Bradford Street im Stadtteil Digbeth. Er rechnete mit einer weiteren halben Stunde Fahrzeit. Hinzu kam die Zeit, die er brauchte, um das Motorrad zu verstecken und einen Weg ins Haus zu finden.

Sein Plan war, gegen neun Uhr abends das Haus von Max Brownhill zu inspizieren. Dies war laut dem Brief Name des Mannes, der für mehrere Frauenmorde verantwortlich sein sollte und kein Mensch wäre. Es fiel Ian immer noch schwer, diesen Gedanken zu fassen und noch schwerer, ihn zu glauben. Wie dem auch sei. Um diese Zeit sollten die Straßen relativ leer sein. In den kleineren Industriebetrieben in Digbeth, in denen durchgehend gearbeitet wurde, hatte der Schichtwechsel eine Stunde zuvor stattgefunden, und an Sonntagen gab es so gut wie keinen Lieferverkehr. West war sich sicher, dass er Brownhills Haus unbemerkt unter die Lupe nehmen konnte, schließlich lag es fast am Ende der Straße. Nach einem ersten Eindruck konnte er immer noch über die nächsten Schritte entscheiden. Ian hatte die warnenden Worte seines Freundes nicht vergessen und würde auf keinen Fall unvorsichtig oder eigenmächtig handeln.

Nach dem Frühstück suchte West als erstes dunkle Kleidung für sein Vorhaben aus. Der gestrige Wetterbericht hatte für heute einen schönen Abend vorhergesagt, und so entschied er sich für eine schwarze Arbeitshose, ein dunkelgraues Hemd und einen blauen Blouson. Da sein Freund nicht geschrieben hatte, welche Waffen sich in dem Versteck auf dem Friedhof befanden, beschloss West, zusätzlich ein langes Küchenmesser mitzunehmen. Auch wenn er nicht vorhatte, aktiv etwas zu unternehmen, würde ihm das Messer ein wenig Sicherheit geben. Außerdem war es die einzige Waffe, die er besaß. West mochte keine Waffen, was auf seine Kindheit zurückging. Sein Vater hatte ihn und seinen Bruder regelmäßig zur Jagd mitgenommen, aber Ian fand das Töten von Tieren abstoßend. Ganz im Gegensatz zu seinem Bruder, der wie sein Vater ein leidenschaftlicher Jäger war. Ironischerweise war Ian der bessere Schütze, aber er zielte regelmäßig absichtlich daneben. Als er alt genug war, kehrte er der Jagd schließlich ganz den Rücken, sehr zum Missfallen seines Vaters. Ian wickelte das Messer in ein Küchentuch, und nach einigem Suchen fand er in seinem Kleiderschrank eine Segeltuchtasche, in der er das Messer verstauen konnte und die groß genug war, um noch mehr Waffen darin unterzubringen.

Anschließend ging West in den Keller seiner Wohnung. Dort lagen mehrere Dachlatten, von denen er eine in der Mitte durchsägte und ebenfalls in die Tasche steckte. Noch einmal rief er sich ins Gedächtnis, dass er nur beobachten wollte. Das Messer und der improvisierte Knüppel dienten nur seiner eigenen Beruhigung. Gerade als er den Keller wieder verlassen wollte, blieb er stehen. Was, wenn der Ghoul ein Opfer in seinem Haus hatte? Dann würde er eingreifen müssen, ob er wollte oder nicht, und dann war es von Vorteil, vorbereitet zu sein. Ian ging zurück, griff nach einem Seil, das auf einem Stapel alter Wäsche lag, steckte es in die Tasche und verließ den Keller.

West bereitete sich ein leichtes Mittagessen zu. Er hatte inzwischen beschlossen, gegen fünf Uhr nachmittags das Haus zu verlassen und vorher noch etwas Schlaf nachzuholen. Wenn er sich noch zwei Stunden hinlegen würde, könnte er vielleicht eine Kleinigkeit essen, bevor er sich auf den Weg machte, schließlich wusste er nicht, wann seine Mission, wie er sie inzwischen in Gedanken nannte, enden würde.

Nach dem Essen wusch er ab, ging ins Bett und stellte den Wecker. Trotz erneut aufkommender Nervosität schlief Ian West diesmal fast sofort ein.

* * *

West erreichte Witton-Cemetery erst gegen sechs Uhr abends. Die Straßen waren belebter, als er erwartet hatte und schon während der Fahrt überlegte er, wo er sein Motorrad abstellen sollte. Wenn er den Friedhof mit einer Tasche verließ, die vielleicht noch mit Erde verschmutzt war, wollte er auf keinen Fall auffallen.

West entschied sich für den Seiteneingang an der Ridgeway Road. Von dort konnte er über den Hauptweg direkt zur Kapelle gehen. Alternativ konnte er auch am Rand des Gräberfeldes bleiben, um nicht gesehen zu werden. Hinter der Kapelle führten drei Wege zum Ende des Friedhofs, wo das Gelände an die Brookvale Road grenzte. Der mittlere der drei Wege führte zu einem alten Gräberfeld, wo das Grab mit der Marienstatue zu finden sein sollte.

West parkte sein Motorrad, eine schwarze BSA M20, zwischen einigen Autos. Während er sich auf der Straße umsah, schloss er es ab und steckte den Schlüssel in die Hosentasche. Dann nahm er die Segeltuchtasche vom Gepäckträger und warf sie sich über den Rücken. Im Idealfall würde er die Waffen in der Tasche verstauen können.

Unauffällig betrat Ian West den Friedhof durch den Seiteneingang. Rechts an der Wand des Durchgangs befand sich eine Art Schaukasten, in dem ein schematischer Plan des Friedhofs hing. Angesichts der Größe des Geländes sollte dies den Besuchern die Orientierung erleichtern. West prägte sich den Weg ein, bevor er den Totenacker betrat.

Er entdeckte ein Grab mit frischen Schnittblumen. Als er niemanden sah, nahm er die Blumen, murmelte eine Entschuldigung und versprach, sie umgehend zurückzubringen. Sollte ihm auf dem Weg jemand entgegenkommen, wollte er wie ein normaler Friedhofsbesucher aussehen und von seiner großen Tasche ablenken. In einiger Entfernung sah er die große Kapelle, die den Mittelpunkt des Friedhofs bildete. Gegen die Sonne wirkte die Silhouette mit den beiden spitzen Türmen schwarz und unheilvoll, und Ian konnte sich trotz der angenehmen Temperaturen eines leichten Fröstelns nicht erwehren. Er blickte sich um, konnte aber auf den ersten Blick keine anderen Besucher entdecken. Entschlossen wandte er sich nach links, um über einen der Seitenwege sein Ziel zu erreichen. Wenn der Plan am Eingang stimmte, würde dieser Seitenweg direkt auf den Hauptweg treffen, an dessen Ende sich das Grab befand, das sein Ziel war.

Der Mann mit der Segeltuchtasche auf dem Rücken und dem Blumenstrauß in der Hand eilte seinem Ziel entgegen, als er bemerkte, dass außer ihm niemand auf diesem Teil des Friedhofs zu sehen war. Inzwischen hatten sich einige Wolken vor die Sonne geschoben, die zwar nicht nach Regen aussahen, aber alles etwas dunkler machten. Hinzu kam, dass der Seitenweg, auf dem West ging, von hohen Bäumen gesäumt war, deren Blätter nur wenig Licht durchließen. Er begann zu frieren. In diesem Teil des Friedhofs war es deutlich kühler als im Eingangsbereich, wo die Sonne ihre volle Kraft entfalten konnte.

Nach zehn Minuten erreichte West die Stelle, an der sich die beiden Wege wieder vereinigten. Noch immer hatte er keine Menschenseele gesehen, obwohl er manchmal das Gefühl hatte, beobachtet zu werden. Aber jedes Mal, wenn er sich umdrehte, sah er nur schiefe Grabsteine und schmutzige Gräber. Es schien, als würde dieser Teil des Friedhofs kaum noch genutzt. Trotz der fortgeschrittenen Zeit ging Ian neugierig auf eines der Gräber zu, denn er wollte wissen, wann sie angelegt worden waren.

Viele Buchstaben auf den Steinen waren verblasst. Ein Grab, das für mehrere Personen bestimmt zu ein schien und mit einer großen dunklen Marmorplatte bedeckt war, fiel ihm besonders auf, und er ging näher heran. Oben in die Platte waren zwei Namen eingraviert – Lydia und Martin Burns, offenbar ein Ehepaar. Ihre Todesjahre waren mit 1895 und 1896 angegeben, das Geburtsjahr beider war 1860. Es schien, als seien sie im Alter von Mitte dreißig aus dem Leben geschieden. Die Daten waren nicht mit Tagen versehen. Im unteren Teil der Platte waren drei Mädchennamen eingraviert: Maria, Barbara und Patricia. Als Todesjahr war 1895 angegeben, die Geburtsjahre lagen zwischen 1890 und 1894.

Ian spürte einen Kloß im Hals und ein Schauer lief ihm über den Rücken. Wenn er die Daten richtig interpretierte, waren die Mutter und ihre Kinder im selben Jahr gestorben! Was war passiert? Und warum starb der Vater ein Jahr später? West war noch nicht geboren, als Mutter und Kinder starben, aber er wusste auch nichts von einem Unglück in Birmingham in diesem Jahr, nicht einmal aus den Erzählungen der Älteren. Vielleicht hatte der Vater Frau und Kinder ermordet und war ein Jahr später hingerichtet worden. West verwarf diesen Gedanken jedoch schnell wieder, denn dann wäre er sicher nicht in der Familiengruft beigesetzt worden. Wahrscheinlicher erschien ihm, dass es sich um einen Unfall gehandelt und Kummer und Trauer den Vater in den Tod getrieben hatten. Er wandte seinen Blick nach links und entdeckte eine einzelne vertrocknete Rose, deren Farbe mit der des Grabsteins verschmolz. Die Blume berührte ihn. Entweder gab es noch Nachkommen aus einem anderen Zweig der Familie, oder jemand war von dem frühen Tod der Familie Burns ebenso betroffen wie er und wollte mit dieser Rose an sie erinnern.

Ian verweilte eine Weile betroffen am Grab. Er hatte sich noch nie so intensiv mit dem Tod auseinandergesetzt, aber die Ermordung seiner Freunde schien etwas in ihm ausgelöst zu haben. Inzwischen hatten sich die Wolken etwas verzogen, was er in diesem Teil des Friedhofs mit seinem alten Baumbestand kaum bemerkte. Wind kam auf. Das Rascheln der Blätter empfand Ian als beruhigend und unangenehm zugleich. Es war Zeit, die Waffen zu holen und sich auf den Weg zu Brownhills Haus zu machen!

Er zupfte eine weiße Blume aus dem Strauß, den er bei sich trug, und legte sie neben die Rose. Die Blume war für die unschuldigen Seelen der drei Kinder und Ian war überzeugt, dass der eigentliche Besitzer nichts dagegen haben würde. Dann drehte er sich um und ging zwischen den alten, ungepflegten Gräbern hindurch in Richtung Ende des Friedhofs. Er ließ seinen Blick schweifen, um das im Brief beschriebene Grab zu finden. Sicherlich würde sein Freund die Waffen, die er zur Sicherheit verwahrt hatte, nicht an einem Ort ablegen, der jedem Besucher sofort ins Auge fiel. West ging weiter und begann allmählich zu zweifeln, ob er hier überhaupt richtig war. Nur noch wenige Meter, dann hatte er die Außenmauer des Friedhofs erreicht. Verwirrt blieb er stehen und sah sich noch einmal um.

Um ihn herum befanden sich mehrere Gräber, auf denen verwitterte Statuen oder große Kreuze standen. Aber auf keinem von ihnen ähnelte etwas der Jungfrau Maria. Er resignierte. Offensichtlich hatte er die Hinweise falsch gedeutet und ihm war klar, dass er auf einem so großen Friedhof keine Chance hatte, das Versteck doch noch zu finden.

Erneut blickte er nach links und rechts und achtete besonders auf die Gräber, die dicht an der verwitterten Außenmauer lagen. War da nicht eine Statue hinter einem Busch, die er noch nicht bemerkt hatte? Ians Herz klopfte aufgeregt. Wenn es hier eine Chance gab, das richtige Grab zu finden, dann musste es dieses sein!

West eilte auf das Grab zu, ohne auf die Dornen zu achten, die den Boden bedeckten und sich hartnäckig in seine Hose bohrten. Er drehte sich noch einmal um, um sicherzugehen, dass ihn niemand sah. Dann schob er den Busch beiseite, der das Grab halb verdeckte.

Das musste es sein! Auf dem Grab befand sich eine Art Sandstein, der die Form einer Treppe hatte. Alle Buchstaben, die jemals Auskunft über die Person gegeben hatten, die hier lag, waren verwittert und undeutlich. Auf der Treppe stand eine Statue, die offenbar die Jungfrau Maria darstellte. Sie hielt den Kopf leicht gesenkt und streckte dem Besucher beide Hände mit den Handflächen nach oben entgegen. Auch an dieser Statue hatte der Zahn der Zeit genagt. Die einst kunstvoll in den Stein gehauenen Gewandfalten waren angegriffen und teilweise abgebröckelt. West wusste, dass der Friedhof 1863 eröffnet worden war und vermutete, dass dieses Grab offenbar zu den ersten gehörte, die hier angelegt worden waren. Merkwürdigerweise hatte man nicht in der Mitte des Friedhofs begonnen.

Ian ging um die Statue herum zur Rückseite des Grabes. Wie im Brief beschrieben, stand dort ein Kübel auf einer Steinplatte, die mit Erde und Blättern bedeckt war. Darin befand sich ein Busch, der offenbar regelmäßig beschnitten wurde. Ian fragte sich, ob sein Freund das selbst getan oder jemand anderen damit beauftragt hatte. Vorsichtig legte er die Schnittblumen zur Seite, um sie nicht aus Versehen zu zertreten. Nachdem er sich vergewissert hatte, dass er immer noch allein auf diesem Teil des Friedhofs war, zog West den Kübel zur Seite, um an die Bodenplatte zu gelangen.

Die darunter liegende Steinplatte war gut getarnt. Der Stein war abgenutzt und verschmutzt, so dass er fast mit der Graberde verschmolz. Nur bei genauem Hinsehen konnte man erkennen, dass es sich um etwas handelte, das nicht zum Grab gehörte. Außerdem lagen Blätter und Erde auf dem Stein – eine perfekte Täuschung.

West ging auf die Knie und versuchte, seine Finger unter den Stein zu bekommen. Die quadratische Platte war vielleicht drei Zentimeter dick und hatte eine Seitenlänge von etwa einem halben Meter. Mühsam wühlte er mit seinen Fingern in der Erde, bis er seine Hände fast unter der Platte hatte. Darunter schien sich ein Hohlraum zu befinden. Mit einem Ruck hob West die Platte an und schaffte es, sie gegen den Grabstein zu lehnen, um das Versteck schnell wieder verschließen zu können.

In der Ferne hörte West die Stimme einer Frau, die nach ihren Kindern rief. Er verharrte hinter der Statue, die ihn fast vollständig verdeckte, und wartete. Schweiß lief ihm über den Rücken. Auch auf seiner Stirn hatten sich dicke Tropfen gebildet, die sich ihren Weg in seine Augen bahnten. West wischte sie mit dem Unterarm weg, um sich keine Erde ins Gesicht zu reiben. Wieder rief die Frau nach ihren Kindern, diesmal lauter und sichtlich genervt. West hörte ein undeutliches Kinderlachen, begleitet von einem unverständlichen Schimpfen der Mutter. Wenige Minuten später war es wieder völlig still, bis auf das Rascheln der Blätter um ihn herum.

Unter der Steinplatte hatte sein Freund offensichtlich ein Loch gegraben. Dieses war vollständig mit Ölpapier ausgekleidet, um Feuchtigkeit von außen abzuhalten. In dem Loch lag ein Paket, das ebenfalls in Ölpapier eingewickelt war. West nahm es heraus und legte die Steinplatte wieder zurück.

Seine Finger zitterten leicht, als er das Papier behutsam auseinanderfaltete. Zum Vorschein kam ein Stück Stoff, das um die übrigen Sachen gewickelt war. Bevor er es auseinanderfalten konnte, musste West einen langen, mit schwarzen Perlen besetzten Rosenkranz aufknoten. Dann erkannte er, dass es sich um ein Priestergewand handelte. Den Rosenkranz legte er beiseite.

Beim Auseinanderfalten des Gewandes fand Ian zunächst ein kurzes, handliches Beil, dessen Scheide aus Silber zu sein schien und auf beiden Seiten mit Symbolen verziert war, die er nicht deuten konnte. Darunter lag ein etwa vierzig Zentimeter langes, silbernes Kurzschwert, auf dessen Griff und Klinge ebenfalls verschiedene Symbole eingraviert waren, die sich teilweise mit denen auf dem Beil deckten. West erkannte manche Motive vom Tatort des Mordes an Nora wieder. Und er war sich sicher, einige davon auch auf der Haut seines Freundes gesehen zu haben, als er die Leiche untersucht hatte.

Zuletzt fand er einen geladenen Revolver. Er ließ die Munition aus der Kammer in seine Hand gleiten und war sich sicher, dass auch die Kugeln der Patronen aus Silber waren. Da alle Waffen etwas Silber enthielten oder sogar ganz aus Silber zu bestehen schienen, vermutete er, dass das Metall eine wichtige Komponente im Kampf gegen die Kreaturen war. Die Waffe in seiner Hand fühlte sich fremd und vertraut zugleich an. Obwohl er früher meist mit Jagdgewehren geschossen hatte, musste er auch den Umgang mit Handfeuerwaffen erlernen. Sein Vater mochte keine halben Sachen, und das ließ er seine Kinder in allen Lebenslagen unmissverständlich wissen.

Ian West blickte auf, als ein neuer Windstoß die Bäume zum Rauschen brachte, während er den Revolver neu lud. Dunkle Wolken zogen am Himmel auf, und er fröstelte wieder. Hatte es ihn anfangs nicht gestört, dass niemand auf dem Friedhof war, so wäre er jetzt froh gewesen, wenigstens ein paar Stimmen zu hören. Völlig allein auf dem verlassensten Teil des Gottesackers auf dem Boden eines Grabes zu knien und auf die Waffen seines ermordeten Freundes zu blicken, war nichts, was einen zur Ruhe kommen ließ.

West legte den Revolver zur Seite. Er hatte beschlossen, das Schwert und die Axt wieder einzupacken, da sie sich nicht gut verstecken ließen, wenn er sich auf den Weg machte. Vorsichtig wickelte er das Tuch um die beiden Waffen und verstaute das Bündel in der Segeltuchtasche. Beim Aufstehen nahm er den Revolver und steckte ihn in die Innentasche seines Blousons. Von außen würde niemand die Waffe sehen. Mit dem Fuß schob er Erde und Laub zurück auf die Steinplatte und stellte den Blumenkübel wieder darauf. Niemand sollte das Versteck finden.

Als er gehen wollte, stellte er fest, dass er keine Ahnung hatte, wo der Rosenkranz war! Fluchend durchsuchte er alle seine Taschen, aber er konnte die Kette nicht finden. Hektisch suchte West den Boden um das Grab herum ab, als ihm einfiel, dass er den Kranz zur Seite gelegt hatte. Er kniete sich wieder hin und schob Blätter und Zweige beiseite. Kleine Steine bohrten sich in seine Haut, als er in der Erde wühlte. Nach einer Weile war der Rosenkranz immer noch nicht aufgetaucht und Ian schaute hoffnungslos auf die Uhr. Die Zeit lief ihm langsam davon. In seiner Verzweiflung tastete er zum gefühlten hundertsten Mal die Ränder der Platte ab, als er mit seiner Hand etwas Rundes berührte. Vorsichtig zog er daran, bis er die ganze Kette in den Händen hielt. Offenbar hatte er sie versehentlich mit dem Fuß unter die Platte geschoben.

West erhob sich und wickelte den Rosenkranz um sein Handgelenk. Vorsichtig nahm er den Blumenstrauß und blickte zurück zum Hauptweg, wo noch immer niemand zu sehen war. Die schwarze Silhouette der Kirche thronte nach wie vor unheilvoll über dem Friedhof, und für einen kurzen Moment überlegte West, ob es nicht besser wäre, dem Wunsch seines Freundes nachzukommen und die Waffen und die Informationen über Max Brownhill an eine der Personen weiterzugeben, die in dem Brief erwähnt worden waren. Doch schon nach den ersten Schritten zurück zum Ausgang wurde Ian West klar, dass er sich selbst davon überzeugen musste, welcher Mission sein Freund nachgegangen war. Er stellte die Blumen zurück in die Vase und fühlte sich in diesem Moment erleichtert. Auch wenn es nur eine Tarnung gewesen war, musste er im Nachhinein feststellen, dass ihn die ganze Zeit sein Gewissen geplagt hatte. Er war zwar im Begriff, mit einer Tasche voller Waffen einen Ghoul zu jagen, aber ein Grabräuber wollte er nicht sein.

* * *

Die Glocke der Kapelle schlug acht Mal, als West zu seinem Motorrad zurückkehrte. Ungläubig blickte er auf seine Taschenuhr. Hatte er tatsächlich fast zwei Stunden auf dem Friedhof verbracht? Sicher, er hatte sich bemüht, nicht aufzufallen, und der Friedhof war groß, aber anscheinend war ihm die Zeit endgültig davongelaufen.

Bevor er sich auf den Weg zur Bradford Street machte, überlegte er, welche der Waffen, die er aus dem Versteck geholt hatte, er mit ins Haus nehmen sollte. Das Schwert und die Axt schieden aus, weil sie viel zu auffällig waren. Der Revolver steckte bereits in der Innentasche seiner Jacke und war für niemanden sichtbar. Und es war eine Waffe, mit der er umgehen konnte, auch wenn er schon lange nicht mehr geschossen hatte. Mit der Axt oder dem Schwert würde er sich wahrscheinlich eher selbst verletzen, also war es besser, sie in der Tasche zu lassen. Aber was war mit dem Messer und dem Seil? Er war noch unschlüssig und würde später noch einmal darüber nachdenken.

West befestigte die Segeltuchtasche mit den Waffen und dem Priestergewand auf dem Gepäckträger und machte sich auf den Weg. Die Straßen waren nicht überfüllt, aber einige Baustellen zwangen ihn immer wieder zu kleinen Umwegen. Unterwegs bemerkte er, dass der Rosenkranz noch um sein Handgelenk gebunden war. Es wäre sicher besser, ihn später in die Tasche zu stecken, um ihn nicht zu verlieren.

Der Weg vom Friedhof zu Brownhills Haus betrug etwa acht Meilen. Obwohl Ian nur langsam vorankam, lag er dennoch gut in der Zeit. Und er merkte, dass er wieder hungrig war. Er hielt nach einer Möglichkeit Ausschau, etwas zu essen, und sah kurz darauf einen Imbisswagen, der Fish and Chips anbot. West hielt an und bestellte eine Portion, die er mit großem Appetit an einem der Stehtische des Wagens verzehrte. Es schien, als hätte ihn das Herumlaufen auf dem Friedhof und das Ausgraben der Waffen mehr Energie gekostet, als er erwartet hatte. Da der Abend lang werden konnte, bestellte er eine zweite Portion und aß die eine Hälfte. Den Rest ließ er sich neu verpacken, um ihn in seiner Segeltuchtasche verstauen zu können. Er wollte vermeiden, dass Fett auf das Priestergewand oder die Waffen gelangte.

Inzwischen war die Dämmerung fortgeschritten. Im Zusammenspiel mit den dunklen Wolken lagen die Straßen in einem diffusen Licht vor ihm, das ihm mindestens so surreal vorkam wie das, was noch vor ihm lag. West schwang sich wieder auf sein Motorrad und fuhr konzentriert die letzten Meilen seinem Ziel entgegen.

Was wollte er eigentlich tun, wenn er bei Max Brownhill ankam? Bei all seinen Planungen war ihm diese Frage nie ganz klar gewesen. Und auch jetzt wusste er nicht so recht, was er tun sollte. Er konnte unmöglich einfach an die Tür klopfen und den Mann fragen, ob er ein Frauenmörder sei, weil sein Freund das in einem Brief geschrieben hatte. Oder noch besser, ihn fragen, ob er ein ›Ghoul‹ sei, der Frauen tötet, um sich von ihrem Fleisch zu ernähren! West stellte für sich fest, dass sein ›Plan‹, der in seinem eigenen Haus so logisch geklungen hatte, hier draußen angesichts der fortgeschrittenen Zeit, der Waffen, die er bei sich trug, und seiner aufkommenden Zweifel alles andere als sinnvoll erschien. Ganz zu schweigen vom Hintergrund seiner Mission, aber eine bessere Idee hatte er nicht.

Wenige Minuten später erreichte er sein Ziel. Die Bradford Street war lang und endete in einer Rechtskurve. Brownhills Haus lag direkt gegenüber einem Industriegebiet, in dem sich vor allem Textilbetriebe angesiedelt hatten. Nur wenige der dunklen, flachen Produktionsgebäude waren noch beleuchtet, da nicht überall im Schichtbetrieb gearbeitet wurde, was West entgegenkam. Das Risiko, von Arbeitern oder Zulieferern gesehen zu werden, war dadurch um ein Vielfaches geringer.

West fuhr zunächst an seinem Ziel vorbei und schaltete während der Fahrt das Licht am Motorrad aus. Vor der Kurve, die das Ende der Bradford Street markierte, ging links ein schmaler Weg ab, der breit genug war, um von Fußgängern und Radfahrern benutzt zu werden. Obwohl dieser nicht beleuchtet war, reichte das Licht der Straßenlaternen aus, ihn so weit zu erhellen, dass West hineinfahren konnte. Er schaltete das Motorrad ab und ließ es einige Meter rollen, bevor er es zum Stehen brachte. Dann stieg er ab und lehnte die BSA M20 an einen Baum am Wegesrand.

Obwohl er sicher war, dass hier niemand mehr vorbeikommen würde, nahm er die Segeltuchtasche vom Gepäckträger und legte sie sich so um, dass der Träger vorne über seine Brust verlief und die Tasche auf seinem Rücken lag. So war sie ihm nicht im Weg und niemand konnte die wertvollen Waffen stehlen. Ein mulmiges Gefühl machte sich in seiner Magengrube über das breit, was vor ihm lag, als er plötzlich Stimmen hörte, die sich näherten. Ian presste sich an den Baum und legte den Kopf so weit wie möglich in den Nacken. Dem Gerede nach zu urteilen, waren es wohl zwei Männer. Vielleicht Arbeiter, die Feierabend hatten und nach Hause wollten. Und das anscheinend auf dem schnellsten Weg, denn einer der Männer nahm schnurstracks den schmalen Pfad, auf dem er sich befand. Soweit Ian es erkennen konnte, war der Mann groß und kräftig, und er würde sicher die falschen Schlüsse ziehen, wenn er einen Mann mit einer Segeltuchtasche auf dem Rücken hier in der Dunkelheit hocken sah. Er selbst konnte sich vielleicht hinter dem Baum verstecken, aber ein einsames Motorrad auf diesem Weg ließ auch genug Raum für Spekulationen. Plötzlich blieb der Mann stehen und es war Ian, als würde er in seine Richtung schauen. Einen Moment lang herrschte absolute Stille, dann rief ihm sein Kollege etwas zu und nach einer gefühlten Ewigkeit drehte sich der Mann endlich um und machte kehrt. Ian hörte sein eigenes Blut in den Ohren rauschen und blieb regungslos stehen, bis die Stimmen verschwunden waren. Nach weiteren zwei Minuten hatte er sich so weit gefasst, dass er mit seiner Mission beginnen konnte.

Inzwischen hatte sich die Dunkelheit vollständig über die Straßen gelegt. West spürte, wie sich sein Magen zusammenzog, als er langsam den Weg zurückging. Die ganze Zeit hatte er Brownhills Haus im Blick. Da es im schwachen gelben Licht einer Straßenlaterne lag, konnte er es genau in Augenschein nehmen.

Die Fassade des zweistöckigen Gebäudes war sicher einmal schön gewesen, doch inzwischen war sie zu einer unansehnlichen Mischung aus Braun und Schwarz verkommen. Das Haus lag etwas zurückgesetzt zwischen zwei größeren Gebäuden, die wohl einmal als Mehrfamilienhäuser gedient hatten, jetzt aber verlassen waren. Vor beiden Häusern befand sich ein Zaun mit einem ›Betreten verboten‹ Schild. Auch Max Brownhills Haus wirkte auf den ersten Blick verlassen, da alle Fenster von innen verhängt waren und man nicht hineinsehen konnte. Dunkel und still lag das Haus vor ihm. Sein Blick wanderte zum Keller, dessen Fenster vergittert waren. Ian fiel auf, dass die Gitter jünger und neuer wirkten als der Rest des Hauses, und er schloss daraus, dass sie nachträglich angebracht worden waren. Ein Gefängnis, schoss es ihm durch den Kopf. Niemand kommt rein, niemand kommt raus. Warum sonst sollte jemand in dieser heruntergekommenen Gegend ein ebenso heruntergekommenes Haus derart einbruchssicher machen? Bevor Ian seinen Gedanken zu Ende denken konnte, ging plötzlich das Licht im Haus an. Obwohl er im Dunkeln stand, trat er unweigerlich einen Schritt zurück. Er blieb einen Moment stehen und überlegte, was er tun sollte. Von vorne hineinzukommen war keine Option, also musste er schauen, ob sich auf der

Rückseite eine Möglichkeit bot. Als er sicher war, allein zu sein, überquerte er schnell die Straße, wobei ihm der Revolver in der Innentasche seiner Jacke beim Laufen gegen die Brust schlug.

Zielstrebig ging er am Haus vorbei, immer darauf bedacht, keinen Lärm zu machen. Hinter dem Haus befand sich ein verwilderter Garten. Büsche und Sträucher hatten alles überwuchert, und ein Weg, der bis ans Ende des Grundstücks zu führen schien, war unpassierbar. Er versuchte es trotzdem, musste aber bald feststellen, dass die Brombeersträucher ihm keine Chance ließen. Bei der kleinsten Bewegung verfingen sich die Dornen in seiner Kleidung. Der Garten war also keine Option, aber das spielte keine Rolle, denn er wollte sowieso ins Innere des Hauses.

Die rückwärtige Tür zum Garten war von außen mit Brettern vernagelt. Links und rechts davon befanden sich Holzfenster. Als West diese untersuchte, stellte er fest, dass sie ebenfalls von innen vernagelt waren. Es gab keinen Durchgang. Er bemerkte jedoch, dass es an der äußeren Ecke des Hauses einen Zugang zum Keller zu geben schien. Geduckt schlich West unter den Fenstern entlang, um zu sehen, ob es dort einen Weg hinein gab. Eine Treppe mit fünf schiefen und rutschigen Stufen führte hinunter zu einer Tür aus schwarzen Brettern, die ebenfalls vernagelt war, allerdings von außen. Ian zog daran, aber die Bretter ließen sich kaum bewegen. Er brauchte eine Hebelwirkung, die er mit seinen Fingern nicht erzeugen konnte. Dann kam ihm eine Idee. Leise öffnete er den Seesack und zog das eingewickelte Messer heraus. Mit etwas Geschick ließ sich die Klinge so weit hinter das Brett schieben, dass sich die rostigen Nägel allmählich lösten. Die Bretter saßen immer noch fest, aber jetzt hatte Ian Platz, um das Seil darum zu wickeln und mit seinem ganzen Körpergewicht daran zu ziehen, so dass die enorm harten und widerstandsfähigen Bretter endlich entfernt werden konnten. Dabei ging Ian sehr vorsichtig vor, denn er wollte Lärm um jeden Preis vermeiden. Als er das letzte Brett entfernt hatte, schickte er ein Stoßgebet zum Himmel und hoffte, kein Vorhängeschloss vor sich zu haben, denn an einen Bolzenschneider hatte er nicht gedacht. Doch Ians Angst war unbegründet. Er fand ein Türschloss vor sich. Doch als er die Klinke herunterdrückte, stellte er fest, dass die Tür verschlossen war. Bei näherem Hinsehen konnte er erkennen, dass die Klinke vollständig verrostet war, also zog er einmal kräftig daran und hatte sie plötzlich vollständig in der Hand. Vorsichtig stieß er die Tür auf und blickte in einen spärlich beleuchteten Kellergang, der alles andere als einladend wirkte.

* * *

Das erste, was Ian West bemerkte, war der Geruch von Tod und Verwesung, der ihm entgegenschlug und einen heftigen Würgereiz auslöste. Für einen kurzen Moment fürchtete er, sich übergeben zu müssen. Er drehte sich um und nahm einen tiefen Zug frischer Gartenluft. Nach ein paar Sekunden beruhigte sich sein Magen, und Ian wandte sich wieder dem Keller zu.

Obwohl er nicht im Krieg gewesen war, hatte er als Jugendlicher Kontakt mit Toten gehabt und kannte diesen Geruch, der immer dieselbe Reaktion bei ihm auslöste. Kein Zweifel, hier waren Menschen gestorben und hatten lange Zeit hier gelegen! Allein die Vorstellung, was in diesem Keller geschehen war, jagte ihm einen eisigen Schauer über den Rücken. Wieder zögerte er. Warum tat er das hier? Sein Freund war tot, und wenn er dem Brief glauben durfte, lebte hier jemand, der mehr als gefährlich war. Es blieb noch Zeit, unbemerkt zu verschwinden und sich an eine der Personen zu wenden, die in dem Brief erwähnt worden waren.

West wippte unsicher von einem Bein auf das andere und trat widerstrebend einen Schritt vor. Dabei blickte er unaufhörlich in den Gang vor ihm. An den Wänden hingen mehrere schwache Glühbirnen, die die Dunkelheit nur spärlich erhellten. Staub und Dreck klebten an ihnen, unregelmäßige Schatten an den Wänden ließen den Gang enger erscheinen, als er war, und Ian zweifelte noch mehr an seinem Vorhaben. Im Halbdunkel erkannte er, dass rechts und links vom Hauptgang, der an einer gemauerten Wand endete, weitere Gänge abzweigten, die sich in der Dunkelheit verloren. Was sich dahinter verbarg, wollte Ian eigentlich gar nicht wissen, und doch setzte er den nächsten Fuß vorwärts.

Langsam schob West den anderen Fuß vor. Jetzt war er ganz im Haus. Kurz vergewisserte er sich, dass niemand hinter der Tür war, aber dahinter befanden sich nur ein Besen und ein Eimer. An den Seiten des Kellers standen alte Regale, auf einigen der Bretter waren Glasbehälter mit einer trüben Flüssigkeit und schemenhaften Umrissen darin, von denen sich Ian angewidert abwandte. Zwischen den Regalen lagen Koffer und jede Menge schmutziger Kleidung, die jemand zusammengeschoben zu haben schien. Trotz der schlechten Lichtverhältnisse glaubte West zu erkennen, dass es sich hauptsächlich um Kleidungsstücke von Frauen handelte. Einige Teile, die Ian besser erkennen konnte, waren zerfetzt, als wären sie der Trägerin mit Gewalt vom Leib gerissen worden. Dies würde die Behauptung im Brief bestätigen.

Ians Angst, in den Keller zu gehen, wuchs. Wieder überkamen ihn Zweifel, ob er die Sache nicht lieber anderen überlassen sollte, die sich damit auskannten. Er konnte immer noch umkehren, denn bisher war noch nichts passiert. Vielleicht hatte der Bewohner des Hauses die Kleider gefunden und ein Tier hatte sich in das Haus verirrt und war verendet, was den Verwesungsgeruch erklärte. In diesem Moment beschloss Ian, die Verbündeten seines toten Freundes zu benachrichtigen. Sie würden ihn zwar für einen Feigling halten, aber besser ein lebender Versager als ein toter Held. Dafür brauchte er sich nicht zu schämen. Gerade als er wieder unauffällig das Haus verlassen wollte, glaubte er etwas zu hören! Nicht, dass er Worte verstehen konnte, aber es klang, als würde hier unten jemand weinen. West schloss die Augen und konzentrierte sich. Die Lampen im Gang erzeugten ein leises Summen, aber da war noch etwas. Ein Geräusch, gedämpft, aber dennoch wahrnehmbar. Etwas wie ein Schrei, der wie durch Watte zu hören war. Ein Schrei, vermischt mit einem Schluchzen oder etwas, das man dafür halten konnte!

Ian gab sich einen Ruck! Auch wenn er lieber jemand anderen auf Max Brownhill angesetzt hätte, musste er sich vergewissern, dass hier niemand gegen seinen Willen gefangen gehalten wurde. Die vielen Kleidungsstücke auf dem Boden und der unerträgliche Leichengeruch ließen keinen anderen Schluss zu, als dass hier unten etwas Schreckliches vor sich ging.

West zog den Revolver aus seiner Jacke und ging langsam den Flur entlang. Je weiter er in das Haus vordrang, desto mehr nahm er den Geruch des Todes wahr, der über allem lag. Es gab keinen Zweifel mehr, hier war nicht nur ein Tier gestorben, auch wenn er das so gerne geglaubt hätte! Ian überlegte, was er nun tun sollte. Zuerst musste er sich vergewissern, dass er allein im Hauptgang war. Mit kleinen Schritten, vorsichtig den Gegenständen ausweichend, die auf dem Boden lagen, ging er bis zum Ende des Kellers. Erst jetzt sah er, dass es neben den beiden Gängen noch einen weiteren gab, der nur durch einen Vorhang abgetrennt war. Mit der Mündung seines Revolvers schob er den Vorhang langsam zur Seite und konnte eine Holztreppe erkennen, die nach oben führte und an einer verschlossenen Tür endete. Unter der Tür war ein schwacher Lichtschein zu erkennen. Gerade als West sich wieder umdrehen wollte, verdunkelte der Schatten vorbeigehender Füße kurz das Licht unter der Tür!

West hielt den Atem an und wagte nicht, sich zu bewegen. Sein Herz schlug so laut in seiner Brust, dass es für jeden hörbar sein musste! Kalter Angstschweiß lief ihm den Rücken hinunter. Kam der Hausherr jetzt in den Keller? Hatte er vielleicht bemerkt, dass Ian sich Zugang zum Haus verschafft hatte?

West wartete einige Minuten, die ihm wie Stunden vorkamen. Dann war er sich sicher, jemanden über sich eine Treppe hinaufsteigen zu hören. Die Stufen knarrten, und je mehr Schritte die Person machte, desto leiser wurde das Geräusch. Offenbar war Brownhill in den ersten Stock seines Hauses gegangen. Ian wischte sich den Schweiß von der Stirn, und auf dem Ärmel seiner Jacke wurde ein dunkler Streifen sichtbar. In diesem Moment wurde ihm klar, dass die Situation ihm alles abverlangte. Je eher er sich beeilte, dem vermeintlichen Geräusch auf die Spur zu kommen, desto eher konnte er dieses Horrorhaus und seinen Bewohner hinter sich lassen. Als Nächstes musste er den Rest des Kellers untersuchen.

Wests Beine klebten am Boden und er zwang sich, den Weg zurück zu gehen. Woher kamen die Geräusche, die er hier unten gehört hatte? Auf beiden Seiten des Ganges befanden sich zwei Türen, die er untersuchen musste. West entschied sich für die erste Tür rechts.

Langsam drückte er die Klinke nach unten und öffnete sie. Ein leises Quietschen ertönte, aber Ian hoffte, dass es nicht über den Keller hinaus zu hören war. Erst jetzt fiel ihm auf, dass er auch keine Taschenlampe eingesteckt hatte. Sollte er noch einmal ein solches Unternehmen in Erwägung ziehen, müsste er noch sorgfältiger planen, schoss es ihm durch den Kopf. Er konnte nur hoffen, dass die Räume über eigene Lampen verfügten, denn die schmutzigen und schwachen Glühbirnen im Hauptgang reichten kaum aus, den Gang selbst zu erhellen.

Aber West hatte wieder Glück. Rechts neben der Tür befand sich ein Lichtschalter mit dunklen Flecken auf der Oberfläche, den West mit dem Ellbogen betätigte. Als die Lampe anging, erhellte das schwache Licht einen fast leeren Raum, in dem ebenfalls nur alte Kleider und Möbel lagerten. Alles, was er sah, entsprach dem Stil der Jahrhundertwende, und für einen kurzen Moment fragte sich Ian, ob es die Sachen waren, die den Vorbesitzern gehört hatten. Auf den ersten Blick schienen sie intakt zu sein, und er vermutete, dass Brownhill sie erst entdeckt hatte, nachdem er in das Haus eingezogen war. West blickte nach links und sah einen Durchgang zum Nebenraum. Froh, diese Tür nicht von außen öffnen zu müssen, ging er schnell die wenigen Schritte hinein, um einen Blick zu riskieren. Auf dem Boden waren einige Flecken zu sehen, die im Halbdunkel fast schwarz wirkten. West versuchte sich nicht vorzustellen, um welche Flüssigkeit es sich handelte. Der Geruch des Raumes sprach Bände.

Er ging zurück, löschte das Licht und schloss langsam die Tür. Bevor er die andere Seite untersuchte, wartete er wieder einige Minuten. Aus dem Stockwerk über ihm war kein Laut zu vernehmen, und auch die gedämpfte Stimme, die er gehört zu haben glaubte, war verstummt. Hoffentlich kein böses Omen!

Gegenüber von West befanden sich nun die beiden letzten Bereiche des Kellers, die er untersuchen wollte. Zuerst wandte er sich nach rechts, wo sich eine kleine offene Speisekammer befand. Die schmutzigen Regale waren voll mit alten Konserven, von denen viele bereits Rostflecken aufwiesen. Bis auf wenige Ausnahmen waren die Etiketten abgeblättert oder verblasst, was sicherlich auf ihr Alter zurückzuführen war. Diese Dosen hatte schon lange niemand mehr angefasst.

Die letzte Tür, die West untersuchen musste, ließ sich leicht und geräuschlos öffnen. Die Scharniere schienen im Gegensatz zu den anderen geölt zu sein. Ian schloss daraus, dass dieser Teil des Kellers häufiger benutzt wurde. Hinter der Tür befand sich überraschenderweise ein weiterer Gang, der allerdings schmaler war als die anderen. Er schien auch älter zu sein, wie man am Verputz und an den Glühbirnen erkennen konnte, von denen manche bereits ausgefallen waren. Einige der noch halbwegs intakten Glühbirnen flackerten unruhig hin und her und tauchten den Flur in ein unwirkliches Gemisch aus Licht und Schatten, das Ian Kopfschmerzen bereitete. Er ging hinein und fand links eine Nische, die von einem Vorhang verdeckt war. Wieder schob er ihn mit der Mündung des Revolvers zur Seite, doch entgegen seiner Erwartung war der Raum dahinter ebenfalls leer. Zu seinem Erstaunen erblickte Ian am Ende des Ganges eine weitere Tür, die in der gleichen Farbe wie die Wand gestrichen und daher kaum zu erkennen war.

Eine innere Stimme sagte Ian, dass dies der Raum sein musste, aus dem er die Stimme gehört hatte. Er ging auf die Tür zu und stellte fest, dass sie mit einem Vorhängeschloss gesichert war. Nichts, was er ohne Werkzeug hätte öffnen können. Wieder verfluchte er, dass er sich nicht besser vorbereitet hatte.

West legte sein Ohr an das Holz und konzentrierte sich. Er empfand den Kontakt mit der Tür als unangenehm, denn auch sie roch, wenn auch schwächer, nach Tod. Er lauschte, konnte aber nichts wahrnehmen. Vielleicht eine Täuschung? Schließlich war er sich die ganze Zeit nicht sicher gewesen, ob er überhaupt etwas gehört hatte. Gerade als er den Plan fasste, sich aus dem Haus zurückzuziehen, vernahm er hinter der Tür ein dumpfes Schluchzen, gefolgt von weiteren leiseren, kaum hörbaren Schluchzern, die wieder verstummten. Unmittelbar kehrte die Grabesstille an diesen schaurigen Ort zurück, als plötzlich hinter ihm eine Tür mit voller Wucht zugeschlagen wurde und die Holztreppe, dic er gesehen hatte, unter schweren Schritten zu erzittern begann!

* * *

Ian West zuckte zusammen. Er hatte gehofft, länger unentdeckt zu bleiben. Es war zu spät! Was auch immer die Treppe herunterkam, würde ihn entdecken, wenn er jetzt zurückging. Ian überlegte fieberhaft. Es war unwahrscheinlich, dass man ihn gehört hatte, aber vielleicht hatte Brownhill die offene Kellertür bemerkt, als er ums Haus gegangen war. Nein, das konnte nicht sein, er hätte gehört, wenn die Tür geschlossen gewesen wäre. Also musste der Mann etwas anderes im Keller wollen. Die Schritte kamen näher. Ian sah sich hektisch um.

Der einzige Platz, an dem er sich verstecken konnte, war die Nische neben ihm. Schnell huschte er hinter den Vorhang und versuchte, so flach wie möglich zu atmen. Wieder streckte er den Revolver vor und versuchte zu sehen, was draußen vor sich ging. Im Notfall hätte er sofort schießen können.

Plötzlich verstummten die Geräusche, und Ian wurde klar, dass er sich so sehr darauf konzentriert hatte, sich hinter dem Vorhang zu verstecken, dass er nicht einschätzen konnte, wo sich die Person jetzt befand. Als ein Reißverschluss geöffnet wurde und er zu hören glaubte, wie ein Kleidungsstück zu Boden fiel, wurde ihm klar, dass die Geräusche näher waren, als ihm lieb war. Dann ertönte das charakteristische Geräusch von Schuhen, die ausgezogen und auf den Boden geworfen wurden. Noch einmal raschelte es, dann war es für einen Moment still. West presste seinen Rücken gegen die kalte Wand der Nische, in der er sich versteckt hielt. Die Steine drückten unangenehm gegen seine Muskeln, aber er wagte nicht, sich zu bewegen. Mit dem Revolver war es ihm gelungen, einen Teil des Vorhangs offen zu halten, und er hoffte, dass es von außen nicht auffiel.

Plötzlich erfüllte das Geräusch nackter Füße, die über Stein liefen, den Keller. Ian hoffte, dass Brownhill einfach an ihm vorbeigehen würde und versuchte, sich noch kleiner zu machen. Jetzt bemerkte er auch den anderen Geruch, der nicht minder ekelerregend war. Erde und Moder und etwas, was Ian im Moment nicht zuordnen konnte und das immer stärker wurde, je näher Brownhill kam. Falls dieser Gestank von ihm ausging, hatte West keinen Zweifel mehr daran, dass sich in ihm etwas verbarg, das nicht menschlich war.

Für einen kurzen Moment, der Ian West wie eine Ewigkeit vorkam, sah er den Hausbesitzer an sich vorbeigehen, und ihm stockte der Atem. Offenbar hatte sich Brownhill bis auf eine Art Lendenschurz vollständig entkleidet. Sein Körper war ausgemergelt, aber sehnig, und seine Proportionen schienen irgendwie nicht zu stimmen. Zumindest wirkten seine Arme im Verhältnis zum Rest des Körpers zu lang. Obwohl Brownhill fast zwei Meter groß war, reichten sie ihm bis zu den Knien. Sein Gesicht wirkte ausdruckslos, war aber im Gegensatz zum Rest seiner Haut, die einen leichten Grünstich zu haben schien, vollkommen weiß. Bevor Brownhill an ihm vorbeiging, konnte West sehen, wie der ›Mann‹ sich mit der Hand durch das Gesicht fuhr, um eine Art Schminke wegzuwischen, unter der die Gesichtshaut ebenfalls grünlich schimmerte!

In diesem Moment wurde Ian West klar, dass nichts an dieser Kreatur menschlich war! War dies ein ›Ghoul‹, wie ihn sein Freund in dem Brief bezeichnet hatte? West hatte das Wort zuvor noch nie gehört und auch nicht weiter recherchiert, und er hatte, wie er sich jetzt eingestehen musste, völlig überstürzt gehandelt. Vielleicht würde es ihm gelingen, hinter der Gestalt unbemerkt den Keller zu verlassen und die Behörden zu informieren.

West hörte, wie Brownhill das Vorhängeschloss der Tür öffnete, und verließ die Nische. Er riskierte einen kurzen Blick, um sich zu vergewissern, dass der Ghoul ihm den Rücken zugekehrt hatte. Langsam ging er rückwärts, die Waffe immer auf sein Ziel gerichtet. Brownhill ließ das Schloss achtlos zu Boden fallen und öffnete die Tür. West erstarrte!

* * *

Sein Blick fiel am Ghoul vorbei direkt auf die junge, dunkelhaarige Frau, die im Keller an die Wand gekettet war. Ihre Arme waren gespreizt und die Handgelenke steckten in rostigen Fesseln. Sie hatte sich die Haut aufgeschürft, Blut bedeckte ihre Unterarme. Die wenigen Kleider, die sie noch trug, waren zerrissen. Wie West vermutet hatte, war die Frau geknebelt. Deshalb hatte er sie nicht besser hören können. In dem Moment, als der Ghoul die Tür öffnete und sie ihn sah, schrie sie trotz des Knebels so laut, dass West sie bis zu sich hören konnte.

Die nächsten Dinge geschahen fast gleichzeitig. Eine wie rostige Nägel klingende Stimme ertönte plötzlich im Gewölbe: »Ich nehme an, du willst kein Stück, oder?«

Ian erschrak, als hätte man ihn mit einem Kübel Eiswasser übergossen, und es dauerte einen Moment, bis er begriff, dass der Ghoul mit ihm sprach. Er trat unweigerlich einen Schritt zurück, als der Ghoul sich langsam zu ihm umdrehte und ihn aus schwarzen Augen ansah, ein verächtliches Lächeln um die Mundwinkel, das spitze, dreieckige Zähne entblößte. Die Frau begann trotz des Knebels, um Hilfe zu schreien, als sie Ian in der Dunkelheit des Korridors erblickte, und ehe er sich versah, war der Ghoul bei ihr und legte seine klauenartigen Finger um ihren Hals. Gnadenlos drückte er zu.

»Lass sie los«, schrie Ian und zielte weiterhin mit dem Revolver auf die Kreatur. Seine Stimme zitterte merklich und der Schweiß stand ihm auf der Stirn. Zu Ians Überraschung nahm der Ghoul die Hand vom Hals seines Opfers. Der Kopf der Frau sank kraftlos auf ihre Brust.

»Und jetzt die Hände hoch!«

Max Brownhill, der Ghoul, sah den Eindringling an, machte aber keine Anstalten, die Hände zu heben.

»Ich habe dich schon gerochen, als du um das Haus geschlichen bist«, knarzte er fast amüsiert. »Um ehrlich zu sein, war ich neugierig, was du willst, und dachte, ich lasse dich hier ein bisschen herumstöbern. Hast du gefunden, was du gesucht hast?«

Der Ghoul kehrte langsam, aber nicht weniger bedrohlich, aus dem Verlies zurück. Während er sprach, breitete er seine langen Arme aus und blockierte damit fast den gesamten Gang. West trat unsicher einen Schritt zurück, hielt die Waffe aber weiterhin im Anschlag. »Ich scherze nicht. Ich werde schießen, wenn ich muss. Gehen Sie zur Seite und knien Sie sich hin.«

Der Ghoul legte den Kopf leicht schräg, als müsse er über diese Aufforderung nachdenken. Aus den Augenwinkeln sah West, dass die gefangene Frau langsam wieder zu sich kam. Dieser kurze Moment der Unaufmerksamkeit genügte Brownhill!

Fauchend sprang er West an und riss ihn von den Beinen. Ian glitt der Revolver aus der Hand und fiel zu Boden. Vom

Schwung des Angriffs angetrieben, rutschten die beiden Männer über den schmutzigen Kellerboden, wobei sich die Krallen des Ghouls schmerzhaft in Ians Rücken bohrten, während er versuchte, West ins Gesicht zu beißen. Im letzten Moment drückte der Angegriffene Brownhills Kopf mit seinem rechten Arm nach oben, und die sägeartigen Zähne schlugen in der Luft aufeinander. Wütend versuchte es der Ghoul noch einmal, aber wieder gelang ihm kein Biss.

Dann änderte das Monster seine Strategie. Es nahm den Druck von West, der sofort die Gelegenheit nutzte, um auf die Beine zu kommen, aber dabei rammte ihm der Ghoul seine Krallen in den Oberschenkel!

West schrie auf, aber trotz seiner Angst und der Schmerzen gelang es ihm, auf den Beinen zu bleiben. Der Ghoul, inzwischen ebenfalls auf die Beine gekommen, wollte gerade zum entscheidenden Biss in Ians Kehle ansetzen, als dieser instinktiv seine Hände nach vorne streckte, um den Angriff abzuwehren. Doch statt des Schmerzes, den Ian erwartet hatte, stieß der Ghoul ein gequältes Stöhnen aus und wirkte mit einem Mal völlig kraftlos. Für den Bruchteil einer Sekunde war Ian irritiert. Doch als er das brennende Zeichen in Form eines Kreuzes am Hals des Ghouls sah, das sich langsam ausbreitete, begriff er, dass der geweihte Rosenkranz den Ghoul vorübergehend außer Gefecht gesetzt hatte, und er erkannte seine Chance. Wenn es ihm gelang, an dem Ghoul vorbeizukommen, hatte er die Möglichkeit, zu seiner Waffe zu gelangen.

Doch Ian durfte den Ghoul keinesfalls unterschätzen, und so nahm er den Rosenkranz vom Handgelenk und warf ihn Brownhill über den Kopf, so dass sich die Kette des geweihten Kruzifixes um seinen Hals schlang.

Der Ghoul fiel schreiend zu Boden und West nutzte die Gelegenheit, um über ihn hinweg zu springen. Dabei stürzte er zu Boden, als sein verletztes Bein beim Aufkommen umknickte. Wie viel Blut war auf dem Boden? West hoffte inständig, dass der Ghoul keine wichtige Ader getroffen hatte!

Er griff nach der Waffe und wandte sich Brownhill zu, der sich erneut erhoben hatte. Zitternd und heulend stand er im Gang und klammerte sich mit seinen langen Armen an die Wände. Wo der Rosenkranz seine nackte Haut berührte, glühte sie und verfärbte sich blauschwarz, während Rauch von seinem Körper aufstieg. Obwohl der Ghoul große Schmerzen haben musste, versuchte er noch einmal einen Angriff. Mit einem verzweifelten Schrei riss er die Arme hoch und stürzte sich auf West. Der Angegriffene gab reflexartig drei Schüsse ab, die in dem engen Kellergang ohrenbetäubend widerhallten.

Der erste Schuss stoppte Max Brownhill, die beiden anderen warfen ihn zurück. Er stürzte zu Boden und fiel auf den Rücken. Noch während des Sturzes bemerkte West, dass eine Art Verwesung einsetzte. Das ehemals feste Gewebe schien sich zu verflüssigen und der Ghoul zerfloss förmlich. Dabei sonderte er einen Geruch ab, der nur aus Verwesung zu bestehen schien!

Ian West wandte sich ab und blickte müde auf die angekettete Frau, die ihn mit erschöpften, aber dankbaren Augen ansah. Es war an der Zeit, sie zu befreien und den Keller zu verlassen.

Die Schlüssel zu den rostigen Fesseln fand Ian an einem Haken neben der Tür. Trotz der Absurdität der ganzen Situation fand er diese Art der Schlüsselaufbewahrung typisch menschlich. Vielleicht hatte der Ghoul durch seine Tarnung doch etwas Humanoides angenommen. Und sei es nur etwas so Banales wie ein Schlüsselhaken. Als er später, frisch gebadet und in einen flauschigen Morgenmantel gehüllt, einen Whisky trank, war es Ian fast, als höre er die anerkennende Stimme seines toten Freundes. Er prostete ihm zu und in diesem Moment wusste er, dass er seine Berufung gefunden hatte, der er für den Rest seines Lebens folgen würde.

ENDE

Auf ein Wort ...

Hallo, zunächst möchte ich mich bei dir für den Kauf dieses Buches bedanken und hoffe, dass du uns auf der weiteren Reise von Isaac Kane begleiten wirst. Da ich nicht weiß, ob du diese Zeilen betrachtest, bevor oder nachdem du den Teaser-Band von *Dämonenjäger Isaac Kane* gelesen hast, werde ich hier natürlich nichts über die Geschichte verraten. Ich möchte aber ein wenig erzählen, warum es diese Buchreihe gibt und wie es dazu kam, dass vor dem offiziellen Start der Reihe mit Band 1 ein Band 0 auf den Markt erschien.

Wenn du mein Autorenporträt gelesen hast oder meinem Profil auf Facebook oder Instagram folgst, weißt du, dass ich seit über vierzig Jahren ein großer Fan des klassischen Heftromans bin – vor allem in den Bereichen Horror, Fantasy und Krimi. Und diese drei Genres vereinten sich in den Serien, die ich im Laufe der Jahre gelesen habe und, manchmal mit längeren Pausen, auch heute noch lese: *John Sinclair*, *Tony Ballard*, *Larry Brent*, *Der Hexer*, *Die Abenteurer*, *Vampira* und viele mehr. Und es war auch der Heftroman, der mich zum Schreiben gebracht hat.

Und natürlich wollte ich schon immer eine eigene Serie entwickeln. Aber es war für mich von Anfang an klar, dass diese Serie nicht im »Jetzt« spielen sollte, sondern zu der Zeit, in der ich selbst meine Vorbilder und Favoriten entdeckt habe – in den ausgehenden 70er und frühen 80er Jahren. Und als ich die ersten drei Bände in den ersten Entwürfen fertiggestellt hatte, verspürte ich den Wunsch, einen Teil der Geschichte, der in Rückblenden erzählt wird, weiter auszubauen, weil ich überzeugt bin, dass es die Leserinnen und Leser interessiert, wie zum Beispiel Isaac Kanes Mentor zu seiner Aufgabe gekommen ist.

Daraus entstand die Idee zu diesem Band 0! Und was ist das genau, wann solltest du ihn lesen und unter welchen Umständen wartest du auf Band 1 (vielleicht frage ich zu spät, aber ich habe natürlich ausdrücklich auf Spoiler verzichtet)?

Ich wollte unbedingt ein Ereignis darstellen, das viele Jahre vor der Serie stattfand, aber die weitere Entwicklung maßgeblich beeinflussen sollte. Band 0 erzählt einen Teil der Geschichte, die in Band 1 von einer Figur erzählt wird und die viele Jahre vor den Ereignissen des ersten Bandes spielt. In der Geschichte, die du in Band 1 findest, wird alles etwas kürzer und allgemeiner erzählt, da es für die weitere Handlung in Band 1 zwar wichtig, aber nicht bis ins letzte Detail relevant ist. Das bedeutet aber auch, dass du, wenn du diesen Band VOR Band 1 liest, vielleicht schon von Dingen weißt, die für dich neu gewesen wären, wenn du Band 0 nicht gelesen hättest. Und obwohl ich explizite Spoiler vermeide und mich mehr auf einen Teil konzentriere, der für jemand anderen als Isaac Kane einen wichtigen Wendepunkt in seinem Leben darstellt, kann es keine vollständige Vermeidung von Details geben. Aber ich glaube, dass ich genug Details ausgelassen habe, sodass du, wenn du Band 1 liest, immer noch genug Überraschungen erleben wirst.

Und natürlich ist dieser Band 0 um etwa zwei Drittel kürzer als die folgenden Bände.

Ganz gleich, ob du diesen Band zuerst liest oder bis zum Erscheinen des ersten Bandes wartest, ich wünsche dir viel

Spaß mit *Dämonenjäger Isaac Kane*. Und ich würde mich freuen, dich auf der Leserseite wieder begrüßen zu dürfen.

Isaac Kane's Leserseite

Die Serie *Dämonenjäger Isaac Kane* ist eine bewusste Hommage an die Heftromanserien der 70er und 80er Jahre. Etwas, das ich als Leser immer sofort angeschaut habe, wenn ich ein neues Heft meiner Lieblinge wie *John Sinclair*, *Tony Ballard*, *Der Hexer* oder *Larry Brent* in der Hand hatte, war die Leserseite. Gerade der Austausch der Autoren oder Redakteure mit den Leserinnen und Lesern, das Einfordern und Aufgreifen von Vorschlägen oder auch die Diskussionen darüber, welche Figuren aufgewertet werden oder sterben sollten, hat mich immer fasziniert und begeistert.
Vor allem, wenn sich die Autorinnen und Autoren wirklich dafür interessierten, was den Fans an der Serie gefiel oder auch nicht, dann ging der Kosmos der Serie über das Papier hinaus, auf dem sie gedruckt wurde.
Und genau das möchte ich mit *Dämonenjäger Isaac Kane* erreichen! Auch wenn ich als Autor in erster Linie selbst Spaß daran haben möchte, meine Serie zu schreiben und weiterzuentwickeln, ist mir Dein Feedback (ja, ich schaue Dich gerade an!) wichtig. Ich freue mich, wenn Dir die Serie gefällt und Du sie weiterempfiehlst. Ich freue mich aber auch, wenn Du Vorschläge hast, wie *Dämonenjäger Isaac Kane* in Zukunft aussehen könnte!
Welche Gegner interessieren Dich? Wie findest Du das Konzept der Serie bisher? Wovon bist Du mehr Fan – mehr Action oder mehr Atmosphäre? Oder, oder, oder…?
Als Entwickler einer Geschichte schreibt man zunächst immer für sich selbst. Aber wenn man sich dazu entschließt,

seine Ideen mit Leserinnen und Lesern zu teilen, ist der konstruktive Austausch meiner Meinung nach ein wichtiger Teil der Weiterentwicklung – vor allem, wenn es sich um eine Serie handelt, die bewusst mit einigen Geheimnissen gestartet wurde und viel Potenzial bieten soll. Also – fühl Dich herzlich eingeladen, Teil der Welt von Isaac Kane zu werden! Bring Dich ein und hilf mit, die Welt unseres Helden noch interessanter zu machen. Und vielleicht hilft die Leserseite ja auch, Kontakte zwischen den Fans zu knüpfen – so wie es bei meinen oben genannten Vorbildern oft der Fall war!

Achtung: Bitte keine Nachrichten per Post! Für Fragen, Anregungen und Kontaktaufnahme bitte immer die unten stehende Mailadresse verwenden – vielen Dank!

---

isaac-kane@schreibwerkstatt-gilga.de

Bitte teile mir mit, wenn ich Deinen Leserbrief NICHT oder nur anonym veröffentlichen soll, da ich sonst bei allen Einsendungen davon ausgehe, dass eine Veröffentlichung auf der Leserseite gewünscht ist!

Ich habe mich sehr gefreut, dass in der Zeit vor der Veröffentlichung bereits Fragen eingegangen sind, die ich natürlich gerne beantworte. Hier also der erste Leserbrief zu *Dämonenjäger Isaac Kane* – sehr gerne beantworte ich auch weitere ›Briefe‹, wenn sie mich erreichen.

Chris fragt unter anderem:

Wie viele Bände sind geplant? Wie ist der Umfang eines Bandes? Gibt es einen roten Faden? Stehen die Bücher für sich? Spielt Isaac Kane in der Gegenwart oder in der Vergangenheit? Und wo spielt es? Im amerikanischen Raum oder doch ganz woanders?

Ich schreibe so lange an der Serie, wie es mir Spaß macht und sie gut ankommt. Der Umfang pro Band ist der eines klassischen Heftromans (160.000 bis 190.000 Zeichen) – bei einem Heftroman wären das 64 Seiten. Im Hintergrund steht ein Serienkonzept, aber die Bände können natürlich auch einzeln gelesen werden. Über Zeit und Ort möchte ich mich noch ausschweigen, der Teaser hat ja schon ein bisschen was verraten.

Vorschau

»Dämonenjäger Isaac Kane« – folge unserem Helden auf seinem Weg in die Dunkelheit mit Band 1:

Nur ein paar Fackeln erhellten den langen Kerkergang, der sich vor dem dunkel gekleideten Mann erstreckte. Bizarre Schatten brachen sich an den Wänden, verzerrten und formten sich neu, wenn der Wind durch das alte Gemäuer fegte und die Flammen erzittern ließ.

Der Mann sah auf die Uhr. Noch war genug Zeit, seine Aufgabe zu erfüllen und sich rechtzeitig in Sicherheit zu bringen. Trotzdem war er nervös. Das unaufhörliche Keuchen und die Schreie, die aus der Zelle am Ende des Korridors drangen, wurden durch die alten Steine, aus denen der Korridor vor vielen Hundert Jahren erbaut worden war, verstärkt und irreal verzerrt.

Vorsichtig näherte sich der Mann der aus Eichenbalken gezimmerten Tür. Über einem großen alten Vorhängeschloss hatte jemand einen zusätzlichen Riegel angebracht, um die Tür zu verschließen.

Dennoch hielt der große, schlanke Mann seinen Colt M1911 fest umklammert, während er sich der Tür näherte. Nicht, dass er Angst gehabt hätte, aber für den Fall, dass das, was hinter der Tür tobte, ausbrechen sollte, musste er vorbereitet sein. Immer wieder warf der Eindringling einen schnellen Blick nach hinten, um nicht bei seinem Vorhaben überrascht zu werden.

Ein harter Schlag traf die verschlossene Tür von innen, und der Mann zuckte zusammen. Mit der Eleganz langen Trainings riss er die Waffe hoch und hielt sie im Anschlag. Das kaum merkliche Zittern seiner Hand überraschte den Eindringling selbst. Hinter der kleinen vergitterten Luke, die in die schwere Tür eingelassen war, bewegte sich ein Schatten. Viel größer, als der Mann erwartet hatte. Hoffentlich war es nicht zu spät.

»Die Hand des Werwolfs« erscheint in wenigen Wochen. Erlebe, wie Isaac Kane in einen Strudel von Gefahren gerät, dem er nicht entkommen kann. Welches Geheimnis verbirgt sich hinter seiner Herkunft und welche Pläne verfolgt Ian West, von denen er Isaac nichts erzählt? »Die Hand des Werwolfs« – Begleite Isaac Kane auf seiner Reise in die Welt hinter den Schatten …

Zum Autor

Ulrich Gilga, Jahrgang 1969, liebt zwei Dinge ganz besonders: das Lesen und das Schreiben. Schon als Kind tauchte er in die Welten von Autoren wie Jules Verne oder Karl May ein. Alles, was spannend klang, wurde verschlungen! Gilgas Kindheit war geprägt davon, eigene Geschichten zu erzählen, Welten zu erfinden und Menschen damit zu begeistern. Natürlich spielten die ersten Storys dort, wo er sich auskannte: In den Tiefen des Meeres, auf dem Weg zum Mittelpunkt der Erde oder im Wilden Westen.

Doch dann ereilte den jungen Autor ein Weckruf, dem er sich bis heute nicht entziehen kann: Die ZDF-Reihe »Der phantastische Film«, in der Vampire, Werwölfe, Außerirdische und Monster regelmäßig im Fernsehen ihr Unwesen trieben. Grusel, Horror und Fantasy – dafür schlägt sein Herz.

Die Entdeckung des Grusel-Heftromans war da nur eine logische Konsequenz. Wann immer es Gilga möglich ist, nutzt er die Möglichkeit, sich aktiv an der Entwicklung der Serien zu beteiligen, sei es durch Leserbriefe mit Vorschlägen oder durch selbst verfasste Kurzgeschichten. Autoren wie Stephen King, H.P. Lovecraft, Clive Barker oder Dean R. Koontz sind auch aus seinem Bücherregal nicht wegzudenken. Genre-Fans werden auch die eine oder andere augenzwinkernde Hommage an die großen Meister in Gilgas Werken entdecken.

In Wirklichkeit arbeitet Ulrich Gilga allerdings in einer leitenden Position in einem deutschen Großkonzern. Das

Schreiben gehört zu ihm wie seine Familie. Mit seiner Frau Andrea Hagemeier-Gilga, selbst Autorin und Filmemacherin, sitzt er oft zusammen und brütet Ideen für neue Geschichten, Serien oder Filme aus – immer umgeben von ihren Katzen.

Mit »Dämonenjäger Isaac Kane«, seiner Hommage an die Horror-Heftromane der 70er- und 80er-Jahre, begeistert er alteingesessene Genre-Liebhaber und solche, die es werden wollen. Gilga schafft eine Brücke zwischen alter Tradition und Modernität – seine Werke sind als Einstieg in die Phantastik durchaus auch für jüngeres Publikum geeignet.

Bereits erschienen

Ich freue mich, wenn Dir dieser Band gefallen hat. Hier ein kleiner Überblick über die bereits erschienenen oder vorbestellbaren Bände:

- Band 0: Im Keller des Ghouls
- Band 1: Die Hand des Werwolfs
- Band 2: Die Rückkehr des Gehenkten (in Vorbereitung)

Printed in Poland
by Amazon Fulfillment
Poland Sp. z o.o., Wrocław

27389618R00034